HÉSIODE ÉDITIONS

ÉMILE ZOLA

Madame Sourdis

Hésiode éditions

© Hésiode éditions.

1 rue Honoré - 93500 Pantin.
ISBN 978-2-38512-083-2
Dépôt légal : Novembre 2022

Impression Books on Demand GmbH

In de Tarpen 42
22848 Norderstedt, Allemagne

Madame Sourdis

I

Tous les samedis, régulièrement, Ferdinand Sourdis venait renouveler sa provision de couleurs et de pinceaux dans la boutique du père Morand, un rez-de-chaussée noir et humide, qui dormait sur une étroite place de Mercœur, à l'ombre d'un ancien couvent transformé en collège communal. Ferdinand, qui arrivait de Lille, disait-on, et qui depuis un an était « pion » au collège, s'occupait de peinture avec passion, s'enfermant, donnant toutes ses heures libres à des études qu'il ne montrait pas.

Le plus souvent, il tombait sur Mlle Adèle, la fille du père Morand, qui peignait elle-même de fines aquarelles, dont on parlait beaucoup à Mercœur. Il faisait sa commande.

« Trois tubes de blanc, je vous prie, un d'ocre jaune, deux de vert Véronèse. »

Adèle, très au courant du petit commerce de son père, servait le jeune homme, en demandant chaque fois :

« Et avec ça ?

– C'est tout pour aujourd'hui, mademoiselle. »

Ferdinand glissait son petit paquet dans sa poche, payait avec une gaucherie de pauvre qui craint toujours de rester en affront, puis s'en allait. Cela durait depuis une année, sans autre événement.

La clientèle du père Morand se composait bien d'une douzaine de personnes. Mercœur, qui comptait huit mille âmes, avait une grande réputation pour ses tanneries ; mais les beaux-arts y végétaient. Il y avait quatre ou cinq galopins qui barbouillaient, sous l'œil pâle d'un Polonais, un homme sec au profil d'oiseau malade ; puis, les demoiselles Lévêque, les filles du notaire, s'étaient mises « à l'huile », mais cela causait un scandale. Un seul client comptait, le célèbre Rennequin, un enfant du pays qui avait eu de grands succès de peintre dans la capitale, des médailles, des commandes, et qu'on venait même de décorer. Quand il passait un mois à Mercœur, au beau temps, cela bouleversait l'étroite boutique de la place du Collège. Morand faisait venir exprès des couleurs de Paris, et il se mettait lui-même en quatre, et il recevait Rennequin découvert, en l'interrogeant respectueusement sur ses nouveaux triomphes. Le peintre, un gros homme bon diable, finissait par accepter à dîner et regardait les aquarelles de la petite Adèle, qu'il déclarait un peu pâlottes, mais d'une fraîcheur de rose.

« Autant ça que de la tapisserie, disait-il en lui pinçant l'oreille. Et ce n'est pas bête, il y a là-dedans une petite sécheresse, une obstination qui arrive au style... Hein ! travaille, et ne te retiens pas, fais ce que tu sens. »

Certes, le père Morand ne vivait pas de son commerce. C'était chez lui une manie ancienne, un coin d'art qui n'avait pas abouti, et qui perçait aujourd'hui chez sa fille. La maison lui appartenait, des héritages successifs l'avaient enrichi, on lui donnait de six à huit mille francs de rente. Mais il n'en tenait pas moins sa boutique de couleurs, dans son petit salon du rez-de-chaussée, dont la fenêtre servait de vitrine : un étroit étalage, où il y avait des tubes, des bâtons d'encre de Chine, des pinceaux, et où de temps à autre paraissaient des aquarelles d'Adèle, entre des petits tableaux de sainteté, œuvres du Polonais. Des journées se passaient, sans qu'on vît un acheteur. Le père Morand vivait quand même heureux, dans l'odeur de l'essence, et lorsque Mme Morand, une vieille femme languissante, presque toujours couchée, lui conseillait de se débarrasser du « magasin », il s'emportait, en homme qui a la vague conscience de remplir une mission. Bourgeois et réactionnaire, au fond, d'une grande rigidité dévote, un instinct d'artiste manqué le clouait au milieu de ses quatre toiles. Où la ville aurait-elle acheté des couleurs ? À la vérité, personne n'en achetait, mais des gens pouvaient en avoir envie. Et il ne désertait pas.

C'était dans ce milieu que Mlle Adèle avait grandi. Elle venait d'avoir vingt-deux ans. De petite taille, un peu forte, elle avait une figure ronde agréable, avec des yeux minces ; mais elle était si pâle et si jaune, qu'on ne la trouvait pas jolie. On aurait dit une petite vieille, elle avait déjà le teint fatigué d'une institutrice vieillie dans la sourde irritation du célibat. Pourtant, Adèle ne souhaitait pas le mariage. Des partis s'étaient présentés, qu'elle avait refusés. On la jugeait fière, elle attendait un prince, sans doute ; et de vilaines histoires couraient sur les familiarités paternelles que Rennequin, un vieux garçon débauché, se permettait avec elle. Adèle, très fermée, comme on dit, silencieuse et réfléchie d'habitude, paraissait ignorer ces calomnies. Elle vivait sans révolte, habituée à l'humidité blême de la place du Collège, voyant à toutes heures devant elle, depuis son enfance, le même pavé moussu, le même carrefour sombre où personne ne passait ; deux fois par jour seulement, les galopins de la ville se bousculaient à la porte du collège ; et c'était là son unique récréation. Mais elle ne s'ennuyait jamais, comme si elle eût suivi, sans un écart, un plan d'existence arrêté en elle depuis longtemps. Elle avait beaucoup de volonté et beaucoup d'ambition, avec une patience que rien ne lassait, ce qui trompait les gens sur son véritable caractère. Peu à peu, on la traitait en vieille fille. Elle semblait vouée pour toujours à ses aquarelles. Cependant, quand le célèbre Rennequin arrivait et parlait de Paris, elle l'écoutait, muette, toute blanche, et ses minces yeux noirs flambaient.

« Pourquoi n'envoies-tu pas tes aquarelles au Salon ? lui demanda un jour le peintre, qui continuait à la tutoyer en vieil ami. Je te les ferai recevoir. »

Mais elle eut un haussement d'épaules et dit avec une modestie sincère, gâtée pourtant par une pointe d'amertume :

« Oh ! de la peinture de femme, ça ne vaut pas la peine. »

La venue de Ferdinand Sourdis fut toute une grosse affaire pour le père Morand. C'était un client de plus, et un client très sérieux, car jamais personne à Mercœur n'avait fait une telle consommation de tubes. Pendant le premier mois, Morand s'occupa beaucoup du jeune homme, surpris de cette belle passion artistique chez un de ces « pions », qu'il méprisait pour leur saleté et leur oisiveté, depuis près de cinquante ans qu'il les voyait passer devant sa porte. Mais celui-ci, à ce qu'on lui raconta, appartenait à une grande famille ruinée ; et il avait dû, à la mort de ses parents, accepter une situation quelconque, pour ne pas mourir de faim. Il continuait ses études de peinture, il rêvait d'être libre, d'aller à Paris, de tenter la gloire. Une année se passa. Ferdinand semblait s'être résigné, cloué à Mercœur par la nécessité du pain quotidien. Le père Morand avait fini par le mettre dans ses habitudes, et il ne s'intéressait plus autrement à lui.

Un soir, cependant, une question de sa fille lui causa un étonnement. Elle dessinait sous la lampe, s'appliquant à reproduire avec une exactitude mathématique une photographie d'après un Raphaël, lorsque, sans lever la tête, elle dit, après un long silence :

« Papa, pourquoi ne demandes-tu pas une de ses toiles à M. Sourdis ?... On la mettrait dans la vitrine.

– Tiens ! c'est vrai, s'écria Morand. C'est une idée... Je n'ai jamais songé à voir ce qu'il faisait. Est-ce qu'il t'a montré quelque chose ?

– Non, répondit-elle. Je dis ça en l'air... Nous verrons au moins la couleur de sa peinture. »

Ferdinand avait fini par préoccuper Adèle. Il la frappait vivement par sa beauté de jeune blond, les cheveux coupés ras, mais la barbe longue, une barbe d'or, fine et légère, qui laissait voir sa peau rose. Ses yeux bleus avaient une grande douceur, tandis que ses petites mains souples, sa physionomie tendre et noyée, indiquaient toute une nature mollement voluptueuse. Il ne devait avoir que des crises de volonté. En effet, à deux reprises, il était resté trois semaines sans paraître ; la peinture était lâchée, et le bruit courait que le jeune homme menait une conduite déplorable, dans une maison qui faisait la honte de Mercœur. Comme il avait découché deux nuits, et qu'un soir il était rentré ivre mort, on avait parlé même un instant de le renvoyer du collège ; mais, à jeun, il se montrait si séduisant, qu'on le gardait, malgré ses abandons. Le père Morand évitait de parler de ces choses devant sa fille. Décidément, tous ces « pions » se valaient, des êtres sans moralité aucune ; et il avait pris devant celui-ci une attitude rogue de bourgeois scandalisé, tout en gardant une tendresse sourde pour l'artiste.

Adèle n'en connaissait pas moins les débauches de Ferdinand, grâce aux bavardages de la bonne. Elle se taisait, elle aussi. Mais elle avait réfléchi à ces choses, et s'était senti une colère contre le jeune homme, au point que, pendant trois semaines, elle avait évité de le servir, se retirant dès qu'elle le voyait se diriger vers la boutique. Ce fut alors qu'elle s'occupa beaucoup de lui et que toutes sortes d'idées vagues commencèrent à germer en elle. Il était devenu intéressant. Quant il passait, elle le suivait des yeux ; puis, réfléchissait, penchée sur ses aquarelles, du matin au soir.

« Eh bien ! demanda-t-elle le dimanche à son père, est-ce qu'il t'apportera un tableau ? »

La veille, elle avait manœuvré de façon à ce que son père se trouvât à la boutique, lorsque Ferdinand s'était présenté.

« Oui, dit Morand, mais il s'est fait joliment prier… Je ne sais pas si c'est de la pose ou de la modestie. Il s'excusait, il disait que ça ne valait pas la peine d'être montré… Nous aurons le tableau demain. »

Le lendemain, comme Adèle rentrait le soir d'une promenade aux ruines du vieux château de Mercœur, où elle était allée prendre un croquis, elle s'arrêta, muette et absorbée, devant une toile sans cadre, posée sur un chevalet, au milieu de la boutique. C'était le tableau de Ferdinand Sourdis. Il représentait le fond d'un large fossé, avec un grand talus vert, dont la ligne horizontale coupait le ciel bleu ; et là une bande de collégiens en promenade s'ébattait, tandis que le « pion » lisait, allongé dans l'herbe : un motif que le peintre avait dû dessiner sur nature. Mais Adèle était toute déconcertée par certaines vibrations de la couleur et certaines audaces de dessin, qu'elle n'aurait jamais osées elle-même. Elle montrait dans ses propres travaux une habileté extraordinaire, au point qu'elle s'était approprié le métier compliqué de Rennequin et de quelques autres artistes dont elle aimait les œuvres. Seulement, il y avait dans ce nouveau tempérament qu'elle ne connaissait pas, un accent personnel qui la surprenait.

« Eh bien ! demanda le père Morand, debout derrière elle, attendant sa décision. Qu'en penses-tu ? »

Elle regardait toujours. Enfin, elle murmura, hésitante et prise pourtant :

« C'est drôle… C'est très joli… »

Elle revint plusieurs fois devant la toile, l'air sérieux. Le lendemain, comme elle l'examinait encore, Rennequin, qui se trouvait justement à Mercœur, entra dans la boutique et poussa une légère exclamation :

« Tiens ! qu'est-ce que c'est que ça ? »

Il regardait, stupéfait. Puis, attirant une chaise, s'asseyant devant la toile, il détailla le tableau, il s'enthousiasma peu à peu.

« Mais c'est très curieux !… Le ton est d'une finesse et d'une vérité… Voyez donc les blancs des chemises qui se détachent sur le vert… Et original ! une vraie note !… Dis donc, fillette, ce n'est pas toi qui as peint ça ? »

Adèle écoutait, rougissant, comme si on lui avait fait à elle-même ces compliments. Elle se hâta de répondre :

« Non, non. C'est ce jeune homme, vous savez, celui qui est au collège.

— Vrai, ça te ressemble, continuait le peintre. C'est toi, avec de la puissance... Ah ! c'est de ce jeune homme ; eh bien ! il a du talent, et beaucoup. Un tableau pareil aurait un grand succès au Salon. »

Rennequin dînait le soir avec les Morand, honneur qu'il leur faisait à chacun de ses voyages. Il parla peinture toute la soirée, revenant plusieurs fois sur Ferdinand Sourdis, qu'il se promettait de voir et d'encourager. Adèle, silencieuse, l'écoutait parler de Paris, de la vie qu'il y menait, des triomphes qu'il y obtenait ; et, sur son front pâle de jeune fille réfléchie, une ride profonde se creusait, comme si une pensée entrait et se fixait là, pour n'en plus sortir. Le tableau de Ferdinand fut encadré et exposé dans la vitrine, où les demoiselles Lévêque vinrent le voir ; mais elles ne le trouvèrent pas assez fini et le Polonais, très inquiet, répandit dans la ville que c'était de la peinture d'une nouvelle école, qui niait Raphaël. Pourtant, le tableau eut du succès ; on trouvait ça joli, les familles venaient en procession reconnaître les collégiens qui avaient posé. La situation de Ferdinand au collège n'en fut pas meilleure. Des professeurs se scandalisaient du bruit fait autour de ce « pion », assez peu moral pour prendre comme modèles les enfants dont on lui confiait la surveillance. On le garda cependant, en lui faisant promettre d'être plus sérieux à l'avenir. Quand Rennequin l'alla voir pour le complimenter, il le trouva pris de découragement, pleurant presque, parlant de lâcher la peinture.

« Laissez donc ! lui dit-il avec sa brusque bonhomie. Vous avez assez de talent pour vous moquer de tous ces cocos-là... Et ne vous inquiétez pas, votre jour viendra, vous arriverez bien à vous tirer de la misère comme les camarades. J'ai servi les maçons, moi qui vous parle... En attendant, travaillez ; tout est là. »

Alors, une nouvelle vie commença pour Ferdinand. Il entra peu à peu dans l'intimité des Morand. Adèle s'était mise à copier son tableau : La Promenade. Elle abandonnait ses aquarelles et se risquait dans la peinture à l'huile. Rennequin avait dit un mot très juste : elle avait, comme artiste, les grâces du jeune peintre, sans en avoir les virilités, ou du moins elle possédait déjà sa facture, même d'une habileté et d'une souplesse plus grandes, se jouant des difficultés. Cette copie, lentement et soigneusement faite, les rapprocha davantage. Adèle démonta Ferdinand, pour ainsi dire, posséda bientôt son procédé, au point qu'il restait très étonné de se voir dédoublé ainsi, interprété et reproduit littéralement, avec une discrétion toute féminine. C'était lui, sans accent, mais plein de charme. À Mercœur, la copie d'Adèle eut beaucoup plus de succès que l'original de Ferdinand. Seulement, on commençait à chuchoter d'abominables histoires.

À la vérité, Ferdinand ne songeait guère à ces choses. Adèle ne le tentait pas du tout. Il avait des habitudes de vices qu'il contentait ailleurs et très largement, ce qui le laissait très froid près de cette petite bourgeoise, dont l'embonpoint jaune lui était même désagréable. Il la traitait simplement en artiste, en camarade. Quand ils causaient, ce n'était jamais que sur la peinture. Il s'enflammait, il rêvait tout haut de Paris, s'emportant contre la misère qui le clouait à Mercœur. Ah ! s'il avait eu de quoi vivre, comme il aurait planté là le collège ! Le succès lui semblait certain. Cette misérable question de l'argent, de la vie quotidienne à gagner, le jetait dans des rages. Et elle l'écoutait, très grave, ayant l'air, elle aussi, d'étudier la question, de peser les chances du succès. Puis, sans jamais s'expliquer davantage, elle lui disait d'espérer.

Brusquement, un matin, on trouva le père Morand mort dans sa boutique. Une attaque d'apoplexie l'avait foudroyé, comme il déballait une caisse de couleurs et de pinceaux. Quinze jours se passèrent. Ferdinand avait évité de troubler la douleur de la fille et de la mère. Quand il se présenta de nouveau, rien n'avait changé. Adèle peignait, en robe noire ; Mme Morand restait dans sa chambre, à sommeiller.

Et les habitudes reprirent, les causeries sur l'art, les rêves de triomphe à Paris. Seulement, l'intimité des jeunes gens était plus grande. Mais jamais une familiarité tendre, jamais une parole d'amour ne les troublaient, dans leur amitié purement intellectuelle.

Un soir, Adèle, plus grave que de coutume, s'expliqua avec netteté après avoir regardé longuement Ferdinand de son clair regard. Elle l'avait sans doute assez étudié, l'heure était venue de prendre une résolution.

« Écoutez, dit-elle. Il y a longtemps que je veux vous parler d'un projet… Aujourd'hui, je suis seule. Ma mère ne compte guère. Et vous me pardonnerez, si je vous parle directement… »

Il attendait, surpris. Alors, sans un embarras, avec une grande simplicité, elle lui montra sa position, elle revint sur les plaintes continuelles qu'il laissait échapper. L'argent seul lui manquait. Il serait célèbre dans quelques années, s'il avait eu les premières avances nécessaires pour travailler librement et se produire à Paris.

« Eh bien ! conclut-elle, permettez-moi de venir à votre aide. Mon père m'a laissé cinq mille francs de rente, et je puis en disposer tout de suite, car le sort de ma mère est également assuré. Elle n'a aucun besoin de moi. »

Mais Ferdinand se récriait. Jamais il n'accepterait un pareil sacrifice, jamais il ne la dépouillerait. Elle le regardait fixement, voyant qu'il n'avait pas compris.

« Nous irions à Paris, reprit-elle avec lenteur, l'avenir serait à nous… »

Puis, comme il restait effaré, elle eut un sourire, elle lui tendit la main, en lui disant d'un air de bonne camaraderie :

« Voulez-vous m'épouser, Ferdinand ?… C'est encore moi qui serai votre obligée, car vous savez que je suis une ambitieuse ; oui, j'ai toujours rêvé la gloire, et c'est vous qui me la donnerez. »

Il balbutiait, ne se remettait pas de cette offre brusque ; tandis que, tranquillement, elle achevait de lui exposer son projet, longtemps mûri. Puis, elle se fit maternelle, en exigeant de lui un seul serment : celui de se bien conduire. Le génie ne pouvait aller sans l'ordre. Et elle lui donna à entendre qu'elle connaissait ses débordements, que cela ne l'arrêtait pas, mais qu'elle entendait le corriger. Ferdinand comprit parfaitement quel marché elle lui offrait : elle apportait l'argent, il devait apporter la gloire. Il ne l'aimait pas, il éprouvait même à ce moment un véritable malaise, à l'idée de la posséder. Cependant, il tomba à genoux, il la remercia, et il ne trouva que cette phrase, qui sonna faux à ses oreilles :

« Vous serez mon bon ange. »

Alors, dans sa froideur, elle fut emportée par un grand élan ; elle le prit dans une étreinte et le baisa au visage, car elle l'aimait, séduite par sa beauté de jeune blond. Sa passion endormie se réveillait. Elle faisait là une affaire où ses désirs longtemps refoulés trouvaient leur compte.

Trois semaines plus tard, Ferdinand Sourdis était marié. Il avait cédé moins à un calcul qu'à des nécessités et à une série de faits dont il n'avait su comment sortir. On avait vendu le fonds de tubes et de pinceaux à un petit papetier du voisinage. Mme Morand ne s'était pas émue le moins du monde, habituée à la solitude. Et le jeune ménage venait de partir tout de suite pour Paris, emportant La Promenade dans une malle, laissant Mercœur bouleversé par un dénouement si prompt. Les demoiselles Lévêque disaient que Mme Sourdis n'avait que juste le temps d'aller faire ses couches dans la capitale.

II

Mme Sourdis s'occupa de l'installation. C'était rue d'Assas, dans un atelier dont la grande baie vitrée donnait sur les arbres du Luxembourg. Comme les ressources du ménage étaient modestes, Adèle fit des miracles pour avoir un intérieur confortable sans trop dépenser. Elle voulait retenir Ferdinand près d'elle, lui faire aimer son atelier. Et, dans les premiers temps, la vie à deux, au milieu de ce grand Paris, fut vraiment charmante.

L'hiver finissait. Les premières belles journées de mars avaient une grande douceur. Dès qu'il apprit l'arrivée du jeune peintre et de sa femme, Rennequin accourut. Le mariage ne l'avait pas étonné, bien qu'il s'emportât d'ordinaire contre les unions entre artistes ; selon lui, ça tournait toujours mal, il fallait que l'un des deux mangeât l'autre. Ferdinand mangerait Adèle, voilà tout ; et c'était tant mieux pour lui, puisque ce garçon avait besoin d'argent. Autant mettre dans son lit une fille peu appétissante, que de vivre de vache enragée dans les restaurants à quatorze sous.

Lorsque Rennequin entra, il aperçut La Promenade, richement encadrée, posée sur un chevalet, au beau milieu de l'atelier.

« Ah ! ah ! dit-il gaiement, vous avez apporté le chef-d'œuvre. »

Il s'était assis, il se récriait de nouveau sur la finesse du ton, sur l'originalité spirituelle de l'œuvre. Puis, brusquement :

« J'espère que vous envoyez ça au Salon. C'est un triomphe certain... Vous arrivez juste à temps.

– C'est ce que je lui conseille, dit Adèle avec douceur. Mais il hésite, il voudrait débuter par quelque chose de plus grand, de plus complet. »

Alors Rennequin s'emporta. Les œuvres de jeunesse étaient bénies. Jamais peut-être Ferdinand ne retrouverait cette fleur d'impression, ces naïves hardiesses du début. Il fallait être un âne bâté pour ne pas sentir ça. Adèle souriait de cette violence. Certes, son mari irait plus loin, elle espérait bien qu'il ferait mieux, mais elle était heureuse de voir Rennequin combattre les étranges inquiétudes qui agitaient Ferdinand à la dernière heure. Il fut convenu que, dès le lendemain, on enverrait La Promenade au Salon ; les délais expiraient dans trois jours. Quant à la réception, elle était certaine, Rennequin faisant partie du jury, sur lequel il exerçait une influence considérable.

Au Salon, La Promenade eut un succès énorme. Pendant six semaines, la foule se pressa devant la toile. Ferdinand eut ce coup de foudre de la célébrité, tel qu'il se produit souvent à Paris, d'un jour à l'autre. Même la chance voulut qu'il fût discuté, ce qui doubla son succès. On ne l'attaquait pas brutalement, certains le chicanaient seulement sur des détails que d'autres défendaient avec passion. En somme, La Promenade fut déclarée un petit chef-d'œuvre, et l'Administration en offrit tout de suite six mille francs. Cela avait la pointe d'originalité nécessaire pour piquer le goût blasé du plus grand nombre, sans que pourtant le tempérament du peintre débordât au point de blesser les gens : en somme tout juste ce qu'il fallait au public de nouveauté et de puissance. On cria à la venue d'un maître, tant cet aimable équilibre enchantait.

Pendant que son mari triomphait ainsi bruyamment parmi la foule et dans la presse, Adèle, qui avait envoyé elle aussi ses essais de Mercœur, des aquarelles très fines, ne trouvait son nom nulle part, ni dans la bouche des visiteurs, ni dans les articles des journaux. Mais elle était sans envie, sa vanité d'artiste ne souffrait même aucunement. Elle avait mis tout son orgueil dans son beau Ferdinand. Chez cette fille silencieuse, qui avait comme moisi pendant vingt-deux ans dans l'ombre humide de la province, chez cette bourgeoise froide et jaunie, une passion de cœur et de tête avait éclaté, avec une violence extraordinaire. Elle aimait Ferdinand pour la couleur d'or de sa barbe, pour sa peau rose, pour le charme et la grâce de toute sa personne ; et cela au point d'être jalouse, de souffrir de ses plus courtes absences, de le surveiller continuellement, avec la peur qu'une autre femme ne le lui volât. Lorsqu'elle se regardait dans une glace, elle avait bien conscience de son infériorité, de sa taille épaisse et de son visage déjà plombé. Ce n'était pas elle, c'était lui qui avait apporté la beauté dans le ménage ; et elle lui devait même ce qu'elle aurait dû avoir. Son cœur se fondait à cette pensée que tout venait de lui. Puis, sa tête travaillait, elle l'admirait comme un maître. Alors, une reconnaissance infinie l'emplissait, elle se mettait de moitié dans son talent, dans ses victoires, dans cette célébrité qui allait la hausser elle-même au milieu d'une apothéose. Tout ce qu'elle avait rêvé se réalisait, non plus par elle-même, mais par un autre elle-même, qu'elle aimait à la fois en disciple, en mère et en épouse. Au fond, dans son orgueil, Ferdinand serait son œuvre, et il n'y avait qu'elle là-dedans, après tout.

Ce fut pendant ces premiers mois qu'un enchantement perpétuel embellit l'atelier de la rue d'Assas. Adèle, malgré cette idée que tout lui venait de Ferdinand, n'avait aucune humilité ; car la pensée qu'elle avait fait ces choses lui suffisait. Elle assistait avec un sourire attendri à l'épanouissement du bonheur qu'elle voulait et qu'elle cultivait. Sans que cette idée eût rien de bas, elle se disait que sa fortune avait seule pu réaliser ce bonheur. Aussi tenait-elle sa place, en se sentant nécessaire. Il n'y avait, dans son admiration et dans son adoration, que le tribut volontaire d'une personnalité qui consent à se laisser absorber, au profit d'une œuvre qu'elle regarde comme sienne et dont elle entend vivre. Les grands arbres du Luxembourg verdissaient, des chants d'oiseaux entraient dans l'atelier, avec les souffles tièdes des belles journées. Chaque matin, de nouveaux journaux arrivaient, avec des éloges ; on publiait le portrait de Ferdinand, on reproduisait son tableau par tous les procédés et dans tous les formats. Et les deux jeunes mariés buvaient cette publicité bruyante, sentaient avec une joie d'enfants l'énorme et éclatant Paris s'occuper d'eux, tandis qu'ils déjeunaient sur leur petite table, dans le silence délicieux de leur retraite.

Cependant, Ferdinand ne s'était pas remis au travail. Il vivait dans la fièvre, dans une surexcitation qui lui ôtait, disait-il, toute la sûreté de la main. Trois mois avaient passé, il renvoyait toujours au lendemain les études d'un grand tableau auquel il songeait depuis longtemps : une toile qu'il intitulait Le Lac, une allée du bois de Boulogne, à l'heure où la queue des équipages roule lentement, dans la lumière blonde du couchant. Déjà, il était allé prendre quelques croquis ; mais il n'avait plus la belle flamme de ses jours de misère. Le bien-être où il vivait semblait l'endormir ; puis, il jouissait de son brusque triomphe, en homme qui tremblait de le gâter par une œuvre nouvelle. Maintenant, il était toujours dehors. Souvent, il disparaissait le matin pour ne reparaître que le soir ; à deux ou trois reprises, il rentra fort tard. C'étaient de continuels prétextes à sorties et à absences : une visite à un atelier, une présentation à un maître contemporain, des documents à rassembler pour l'œuvre future, surtout des dîners d'amis. Il avait retrouvé plusieurs de ses camarades de Lille, il faisait déjà partie de diverses sociétés d'artistes, ce qui le lançait dans de continuels plaisirs, dont il revenait échauffé, fiévreux, parlant fort, avec des yeux brillants.

Adèle ne s'était pas encore permis un seul reproche. Elle souffrait beaucoup de cette dissipation croissante, qui lui prenait son mari et la laissait seule pendant de longues heures. Mais elle plaidait elle-même contre sa jalousie et ses craintes : il fallait bien que Ferdinand fît ses affaires ; un artiste n'était pas un bourgeois qui pouvait garder le coin de son feu ; il avait besoin de connaître le monde, il se devait à son succès. Et elle éprouvait presque un remords de ses sourdes révoltes, lorsque Ferdinand lui jouait la comédie de l'homme excédé par ses obligations mondaines, en lui jurant qu'il avait de tout cela « plein le dos » et qu'il aurait tout donné pour ne jamais quitter sa petite femme. Une fois même, ce fut elle qui le mit dehors, comme il faisait mine de ne pas vouloir se rendre à un déjeuner de garçons, où l'on devait l'aboucher avec un très riche amateur. Puis, quand elle était seule, Adèle pleurait. Elle voulait être forte ; et toujours elle voyait son mari avec d'autres femmes, elle avait le sentiment qu'il la trompait, ce qui la rendait si malade, qu'elle devait parfois se mettre au lit, dès qu'il l'avait quittée.

Souvent Rennequin venait chercher Ferdinand. Alors, elle tâchait de plaisanter.

« Vous serez sages, n'est-ce pas ? Vous savez, je vous le confie.

– N'aie donc pas peur ! répondait le peintre en riant. Si on l'enlève, je serai là… Je te rapporterai toujours son chapeau et sa canne. »

Elle avait confiance en Rennequin. Puisque lui aussi emmenait Ferdinand, c'était qu'il le fallait. Elle se ferait à cette existence. Mais elle soupirait, en songeant à leurs premières semaines de Paris, avant le tapage du Salon, lorsqu'ils passaient tous les deux des journées si heureuses, dans la solitude de l'atelier. Maintenant, elle était seule à y travailler, elle avait repris ses aquarelles avec acharnement, pour tuer les heures. Dès que Ferdinand avait tourné le coin de la rue en lui envoyant un dernier adieu, elle refermait la fenêtre et se mettait à la besogne. Lui, courait les rues, allait Dieu savait où, s'attardait dans les endroits louches, revenait brisé de fatigue et les yeux rougis. Elle, patiente, entêtée, restait les journées entières devant sa petite table, à reproduire continuellement les études qu'elle avait apportées de Mercœur, des bouts de paysages attendris, qu'elle traitait avec une habileté de plus en plus étonnante. C'était sa tapisserie, comme elle le disait avec un sourire pincé.

Un soir, elle veillait en attendant Ferdinand, très absorbée dans la copie d'une gravure qu'elle exécutait à la mine de plomb, lorsque le bruit sourd d'une chute, à la porte même de l'atelier, la fit tressaillir. Elle appela, se décida à ouvrir et se trouva en présence de son mari, qui tâchait de se relever, en riant d'un rire épais. Il était ivre.

Adèle, toute blanche, le remit sur pieds, le soutint en le poussant vers leur chambre. Il s'excusait, bégayait des mots sans suite. Elle, sans une parole, l'aida à se déshabiller. Puis, quand il fut dans le lit, ronflant, assommé par l'ivresse, elle ne se coucha pas, elle passa la nuit dans un fauteuil, les yeux ouverts, à réfléchir. Une ride coupait son front pâle. Le lendemain, elle ne parla pas à Ferdinand de la scène honteuse de la veille. Il était fort gêné, encore étourdi, les yeux gros et la bouche amère. Ce silence absolu de sa femme redoubla son embarras ; et il ne sortit pas de deux jours, il se fit très humble, il se remit au travail avec un empressement d'écolier qui a une faute à se faire pardonner. Il se décida à établir les grandes lignes de son tableau, consultant Adèle, s'appliquant à lui montrer en quelle estime il la tenait. Elle était d'abord restée silencieuse et très froide, comme un reproche vivant, toujours sans se permettre la moindre allusion. Puis, devant le repentir de Ferdinand, elle redevint naturelle et bonne ; tout fut tacitement pardonné et oublié. Mais, le troisième jour, Rennequin étant venu prendre son jeune ami pour le faire dîner avec un critique d'art célèbre, au Café Anglais, Adèle dut attendre son mari jusqu'à quatre heures du matin ; et, quand il reparut, il avait une plaie sanglante au-dessus de l'œil gauche, quelque coup de bouteille attrapé dans une querelle de mauvais lieu. Elle le coucha et le pansa. Rennequin l'avait quitté sur le boulevard, à onze heures.

Alors ce fut réglé. Ferdinand ne put accepter un dîner, se rendre à une soirée, s'absenter le soir sous un prétexte quelconque, sans rentrer chez lui dans un état abominable. Il revenait affreusement gris, avec des noirs sur la peau, rapportant dans ses vêtements défaits des odeurs infâmes, l'âcreté de l'alcool et le musc des filles. C'étaient des vices monstrueux où il retombait toujours, par une lâcheté de tempérament. Et Adèle ne sortait pas de son silence, le soignait chaque fois avec une rigidité de statue, sans le questionner, sans le souffleter de sa conduite. Elle lui faisait du thé, lui tenait la cuvette, nettoyait tout, ne voulant pas réveiller la bonne et cachant son état comme une honte que la pudeur lui défendait de montrer. D'ailleurs, pourquoi l'aurait-elle interrogé ? Chaque fois, elle reconstruisait aisément le drame, la pointe d'ivresse prise avec des amis, puis les courses enragées dans le Paris nocturne, la débauche crapuleuse, avec des inconnus emmenés de cabaret en cabaret, avec des femmes rencontrées au coin d'un trottoir, disputées à des soldats et brutalisées dans la saleté de quelque taudis. Parfois, elle retrouvait au fond de ses poches des adresses étranges, des débris ignobles, toutes sortes de preuves qu'elle se hâtait de brûler, pour ne rien savoir de ces choses. Quand il était égratigné par des ongles de femme, quand il lui revenait blessé et sali, elle se raidissait davantage, elle le lavait, dans un silence hautain, qu'il n'osait rompre. Puis, le lendemain, après le drame de ces nuits de débauche, lorsqu'il se réveillait et qu'il la trouvait muette devant lui, ils n'en parlaient ni l'un ni l'autre, ils semblaient avoir fait tous les deux un cauchemar, et le train de leur vie reprenait.

Une seule fois, Ferdinand, en une crise d'attendrissement involontaire, s'était au réveil jeté à son cou, avec des sanglots, en balbutiant :

« Pardonne-moi, pardonne-moi ! »

Mais elle l'avait repoussé, mécontente, feignant d'être surprise.

« Comment ! te pardonner ?... Tu n'as rien fait. Je ne me plains pas. »

Et cet entêtement à paraître ignorer ses fautes, cette supériorité d'une femme qui se possédait au point de commander à ses passions, avait rendu Ferdinand tout petit.

À la vérité, Adèle agonisait de dégoût et de colère, dans l'attitude qu'elle avait prise. La conduite de Ferdinand révoltait en elle toute une éducation dévote, tout un sentiment de correction et de dignité. Son cœur se soulevait, quand il rentrait empoisonnant le vice, et qu'elle devait le toucher de ses mains et passer le reste de la nuit dans son haleine. Elle le méprisait. Mais, au fond de ce mépris, il y avait une jalousie atroce contre les amis, contre les femmes qui le lui renvoyaient ainsi souillé, dégradé.

Ces femmes, elle aurait voulu les voir râler sur le trottoir, elle s'en faisait des monstres, ne comprenant pas comment la police n'en débarrassait pas les rues à coups de fusil. Son amour n'avait pas diminué. Quand l'homme la dégoûtait, certains soirs, elle se réfugiait dans son admiration pour l'artiste ; et cette admiration restait comme épurée, à ce point que, parfois, en bourgeoise pleine de légendes sur les désordres nécessaires du génie, elle finissait par accepter l'inconduite de Ferdinand ainsi que le fumier fatal des grandes œuvres. D'ailleurs, si ses délicatesses de femme, si ses tendresses d'épouse étaient blessées par les trahisons dont il la récompensait si mal, elle lui reprochait peut-être plus amèrement de ne pas tenir ses engagements de travail, de briser le contrat qu'ils avaient fait, elle en apportant la vie matérielle, lui en apportant la gloire. Il y avait là un manque de parole qui l'indignait, et elle en arrivait à chercher un moyen de sauver au moins l'artiste, dans ce désastre de l'homme. Elle voulait être très forte, car il fallait qu'elle fût le maître.

En moins d'une année, Ferdinand se sentit redevenir un enfant. Adèle le dominait de toute sa volonté. C'était elle le mâle, dans cette bataille de la vie. À chacune de ses fautes, chaque fois qu'elle l'avait soigné sans un reproche, avec une pitié sévère, il était devenu plus humble, devinant son mépris, courbant la tête. Entre eux, aucun mensonge n'était possible ; elle était la raison, l'honnêteté, la force, tandis qu'il roulait à toutes les faiblesses, à toutes les déchéances ; et ce dont il souffrait le plus, ce qui l'anéantissait devant elle, c'était cette froideur de juge qui n'ignore rien, qui pousse le dédain jusqu'au pardon, sans croire même devoir sermonner le coupable, comme si la moindre explication devait porter atteinte à la dignité du ménage. Elle ne parlait pas, pour rester haute, pour ne pas descendre elle-même et se salir à cette ordure. Si elle s'était emportée, si elle lui avait jeté à la face ses amours d'une nuit, en femme que la jalousie enrage, il aurait certainement moins souffert. En s'abaissant, elle l'aurait redressé. Comme il était petit, et quel sentiment d'infériorité, lorsqu'il s'éveillait, brisé de honte, avec la certitude qu'elle savait tout et qu'elle ne daignait se plaindre de rien !

Cependant, son tableau marchait, il avait compris que son talent restait sa seule supériorité. Quand il travaillait, Adèle retrouvait pour lui ses tendresses de femme ; elle redevenait petite à son tour, étudiait respectueusement son œuvre, debout derrière lui, et se montrait d'autant plus soumise que la besogne de la journée était meilleure. Il était son maître, c'était le mâle qui reprenait sa place dans le ménage. Mais d'invincibles paresses le tenaient maintenant. Quand il était rentré brisé, comme vidé par la vie qu'il menait, ses mains gardaient des mollesses, il hésitait, n'avait plus l'exécution franche. Certains matins, une impuissance radicale engourdissait tout son être. Alors, il se traînait la journée entière, devant sa toile, prenant sa palette pour la rejeter bientôt, n'arrivant à rien et s'enrageant ; ou bien il s'endormait sur un canapé d'un sommeil de plomb, dont il ne se réveillait que le soir, avec des migraines atroces. Adèle, ces jours-là, le regardait en silence. Elle marchait sur la pointe des pieds, pour ne pas l'énerver et ne pas effaroucher l'inspiration, qui allait venir sans doute ; car elle croyait à l'inspiration, à une flamme invisible qui entrait par la fenêtre ouverte et se posait sur le front de l'artiste élu. Puis, des découragements la lassaient elle-même, elle était prise d'une inquiétude, à la pensée encore vague que Ferdinand pouvait faire banqueroute, en associé infidèle.

On était en février, l'époque du Salon approchait. Et Le Lac ne s'achevait pas. Le gros travail était fait, la toile se trouvait entièrement couverte ; seulement, à part certaines parties très avancées, le reste restait brouillé et incomplet. On ne pouvait envoyer la toile ainsi, à l'état d'ébauche. Il y manquait cet ordre dernier, ces lumières, ce fini qui décident d'une œuvre ; et Ferdinand n'avançait plus, il se perdait dans les détails, détruisait le soir ce qu'il avait fait le matin, tournant sur lui-même, se dévorant dans son impuissance. Un soir, à la tombée du crépuscule, comme Adèle rentrait d'une course lointaine, elle entendit, dans l'atelier plein d'ombre, un bruit de sanglots. Devant sa toile, affaissé sur une chaise, elle aperçut son mari immobile.

« Mais tu pleures ! dit-elle très émue. Qu'as-tu donc ?

– Non, non, je n'ai rien », bégaya-t-il.

Depuis une heure, il était tombé là, à regarder stupidement cette toile, où il ne voyait plus rien. Tout dansait devant ses regards troubles. Son œuvre était un chaos qui lui semblait absurde et lamentable ; et il se sentait paralysé, faible comme un enfant, d'une impuissance absolue à mettre de l'ordre dans ce gâchis de couleurs. Puis, quand l'ombre avait peu à peu effacé la toile, quand tout, jusqu'aux notes vives, avait sombré dans le noir comme dans un néant, il s'était senti mourir, étranglé par une tristesse immense. Et il avait éclaté en sanglots.

« Mais tu pleures, je le sens, répéta la jeune femme qui venait de porter les mains à son visage trempé de larmes chaudes. Est-ce que tu souffres ? »

Cette fois, il ne put répondre. Une nouvelle crise de sanglots l'étranglait. Alors, oubliant sa sourde rancune, cédant à une pitié pour ce pauvre homme insolvable, elle le baisa maternellement dans les ténèbres. C'était la faillite.

III

Le lendemain, Ferdinand fut obligé de sortir après le déjeuner. Lorsqu'il revint, deux heures plus tard, et qu'il se fut absorbé comme à son habitude devant sa toile, il eut une légère exclamation.

« Tiens, on a donc touché à mon tableau ! »

À gauche, on avait terminé un coin du ciel et un bouquet de feuillages. Adèle, penchée sur sa table, s'appliquant à une de ses aquarelles, ne répondit pas tout de suite.

« Qui est-ce qui s'est permis de faire ça ? reprit-il plus étonné que fâché. Est-ce que Rennequin est venu ?

— Non, dit enfin Adèle sans lever la tête. C'est moi qui me suis amusée… C'est dans les fonds, ça n'a pas d'importance. »

Ferdinand se mit à rire d'un rire gêné.

« Tu collabores donc, maintenant ? Le ton est très juste, seulement il y a là une lumière qu'il faut atténuer.

— Où donc ? demanda-t-elle en quittant sa table. Ah ! oui, cette branche. »

Elle avait pris un pinceau et elle fit la correction. Lui, la regardait. Au bout d'un silence, il se remit à lui donner des conseils, comme à une élève, tandis qu'elle continuait le ciel. Sans qu'une explication plus nette eût lieu, il fut entendu qu'elle se chargerait de finir les fonds. Le temps pressait, il fallait se hâter. Et il mentait, il se disait malade, ce qu'elle acceptait d'un air naturel.

« Puisque je suis malade, répétait-il à chaque instant, ton aide me soulagera beaucoup… Les fonds n'ont pas d'importance. »

Dès lors, il s'habitua à la voir devant son chevalet. De temps à autre, il quittait le canapé, s'approchait en bâillant, jugeait d'un mot sa besogne, parfois lui faisait recommencer un morceau. Il était très raide comme professeur. Le second jour, se disant de plus en plus souffrant, il avait décidé qu'elle avancerait d'abord les fonds, avant qu'il terminât lui-même les premiers plans ; cela, d'après lui, devait faciliter le travail ; on verrait plus clair, on irait plus vite. Et ce fut toute une semaine de paresse absolue, de longs sommeils sur le canapé, pendant que sa femme, silencieuse, passait la journée debout devant le tableau. Ensuite, il se secoua, il attaqua les premiers plans. Mais il la garda près de lui ; et, quand il s'impatientait, elle le calmait, elle achevait les détails qu'il lui indiquait. Souvent, elle le renvoyait, en lui conseillant d'aller prendre l'air dans le jardin du Luxembourg. Puisqu'il n'était pas bien portant, il devait se ménager ; ça ne lui valait rien de s'échauffer la tête ainsi ; et elle se faisait très affectueuse. Puis, restée seule, elle se dépêchait, travaillait avec une obstination de femme, ne se gênant pas pour pousser les premiers plans le plus possible. Lui, en était à une telle lassitude, qu'il ne s'apercevait pas de la besogne faite en son absence, ou du moins il n'en parlait pas, il semblait croire que son tableau avançait tout seul. En quinze jours, Le Lac fut terminé. Mais Adèle elle-même n'était pas contente. Elle sentait bien que quelque chose manquait. Lorsque Ferdinand, soulagé, déclarait le tableau très bien, elle restait froide et hochait la tête.

« Que veux-tu donc ? disait-il avec colère. Nous ne pouvons pas nous tuer là-dessus. »

Ce qu'elle voulait, c'était qu'il signât le tableau de sa personnalité. Et, par des miracles de patience et de volonté, elle lui en donna l'énergie. Pendant une semaine encore, elle le tourmenta, elle l'enflamma. Il ne sortait plus, elle le chauffait de ses caresses, le grisait de ses admirations. Puis, quand elle le sentait vibrant, elle lui mettait les pinceaux à la main et le tenait des heures devant le tableau, à causer, à discuter, à le jeter dans une excitation qui lui rendait sa force. Et ce fut ainsi qu'il retravailla la toile, qu'il revint sur le travail d'Adèle, en lui donnant les vigueurs de touche et les notes originales qui manquaient. C'était peu de chose et ce fut tout. L'œuvre vivait maintenant.

La joie de la jeune femme fut grande. L'avenir de nouveau était souriant. Elle aiderait son mari, puisque les longs travaux le fatiguaient. Ce serait une mission plus intime, dont les bonheurs secrets l'emplissaient d'espoir. Mais, en plaisantant, elle lui fit jurer de ne pas révéler sa part de travail ; ça ne valait pas la peine, ça la gênerait. Ferdinand promit en s'étonnant. Il n'avait pas de jalousie artistique contre Adèle, il répétait partout qu'elle savait son métier de peintre beaucoup mieux que lui, ce qui était vrai.

Quand Rennequin vint voir Le Lac, il resta longtemps silencieux. Puis, très sincèrement, il fit de grands compliments à son jeune ami.

« C'est à coup sûr plus complet que La Promenade, dit-il, les fonds ont une légèreté et une finesse incroyables et les premiers plans s'enlèvent avec beaucoup de vigueur… Oui, oui, très bien, très original… »

Il était visiblement étonné, mais il ne parla pas de la véritable cause de sa surprise. Ce diable de Ferdinand le déroutait, car jamais il ne l'aurait cru si habile, et il trouvait dans le tableau quelque chose de nouveau qu'il n'attendait pas. Pourtant, sans le dire, il préférait La Promenade, certainement plus lâchée, plus rude, mais plus personnelle. Dans Le Lac, le talent s'était affermi et élargi, et l'œuvre toutefois le séduisait moins, parce qu'il y sentait un équilibre plus banal, un commencement au joli et à l'entortillé. Cela ne l'empêcha pas de s'en aller, en répétant :

« Étonnant, mon cher… Vous allez avoir un succès fou. »

Et il avait prédit juste. Le succès du Lac fut encore plus grand que celui de La Promenade. Les femmes surtout se pâmèrent. Cela était exquis. Les voitures filant dans le soleil avec l'éclair de leurs roues, les petites figures en toilette, des taches claires qui s'enlevaient au milieu des verdures du Bois, charmèrent les visiteurs qui regardent de la peinture comme on regarde de l'orfèvrerie. Et les gens les plus sévères, ceux qui exigent de la force et de la logique dans une œuvre d'art, étaient pris, eux aussi, par un métier savant, une entente très grande de l'effet, des qualités de facture rares. Mais ce qui dominait, ce qui achevait la conquête du grand public, c'était la grâce un peu mièvre de la personnalité. Tous les critiques furent d'accord pour déclarer que Ferdinand Sourdis était en progrès. Un seul, mais un homme brutal, qui se faisait exécrer par sa façon tranquille de dire la vérité, osa écrire que, si le peintre continuait à compliquer et à amollir sa facture, il ne lui donnait pas cinq ans pour gâter les précieux dons de son originalité.

Rue d'Assas, on était bien heureux. Ce n'était plus le coup de surprise du premier succès, mais comme une consécration définitive, un classement parmi les maîtres du jour. En outre, la fortune arrivait, des commandes se produisaient de tous côtés, les quelques bouts de toile que le peintre avait chez lui furent disputés à coups de billets de banque ; et il fallut se mettre au travail.

Adèle garda toute sa tête, dans cette fortune. Elle n'était pas avare, mais elle avait été élevée à cette école de l'économie provinciale, qui connaît le prix de l'argent, comme on dit. Aussi se montra-t-elle sévère et tint-elle la main à ce que Ferdinand ne manquât jamais aux engagements qu'il prenait. Elle inscrivait les commandes, veillait aux livraisons, plaçait l'argent. Et son action, surtout, s'exerçait sur son mari, qu'elle menait à coups de férule.

Elle avait réglé sa vie, tant d'heures de travail par jour, puis des récréations. Jamais d'ailleurs elle ne se fâchait, c'était toujours la même femme silencieuse et digne ; mais il s'était si mal conduit, il lui avait laissé prendre une telle autorité, que, maintenant, il tremblait devant elle. Certainement, elle lui rendit alors le plus grand service ; car, sans cette volonté qui le maintenait, il se serait abandonné, il n'aurait pas produit les œuvres qu'il donna pendant plusieurs années. Elle était le meilleur de sa force, son guide et son soutien. Sans doute, cette crainte qu'elle lui inspirait ne l'empêchait pas de retomber parfois dans ses anciens désordres ; comme elle ne satisfaisait pas ses vices, il s'échappait, courait les basses débauches, revenait malade, hébété pour trois ou quatre jours. Mais, chaque fois, c'était une arme nouvelle qu'il lui donnait, elle montrait un mépris plus haut, l'écrasait de ses regards froids, et pendant une semaine alors il ne quittait plus son chevalet. Elle souffrait trop comme femme, lorsqu'il la trahissait, pour désirer une de ces escapades, qui le lui ramenaient si repentant et si obéissant. Cependant, quand elle voyait la crise se déclarer, lorsqu'elle le sentait travaillé de désirs, les yeux pâles, les gestes fiévreux, elle éprouvait une hâte furieuse à ce que la rue le lui rendît souple et inerte, comme une pâte molle qu'elle travaillait à sa guise, de ses mains courtes de femme volontaire et sans beauté. Elle se savait peu plaisante, avec son teint plombé, sa peau dure et ses gros os ; et elle se vengeait sourdement sur ce joli homme, qui redevenait à elle, quand les belles filles l'avaient anéanti. D'ailleurs, Ferdinand vieillissait vite ; des rhumatismes l'avaient pris ; à quarante ans, des excès de toutes sortes faisaient déjà de lui un vieillard. L'âge allait forcément le calmer.

Dès Le Lac, ce fut une chose convenue, le mari et la femme travaillèrent ensemble. Ils s'en cachaient encore, il est vrai ; mais, les portes fermées, ils se mettaient au même tableau, poussaient la besogne en commun. Ferdinand, le talent mâle, restait l'inspirateur, le constructeur ; c'était lui qui choisissait les sujets et qui les jetait d'un trait large, en établissant chaque partie. Puis, pour l'exécution, il cédait la place à Adèle, au talent femelle, en se réservant toutefois la facture de certains morceaux de vigueur. Dans les premiers temps, il gardait pour lui la grosse part ; il tenait à honneur de ne se faire aider par sa femme que pour les coins, les épisodes ; mais sa faiblesse s'aggravait, il était de jour en jour moins courageux à la besogne, et il s'abandonna, il laissa Adèle l'envahir. À chaque œuvre nouvelle, elle collabora davantage, par la force des choses, sans qu'elle-même eût le plan arrêté de substituer ainsi son travail à celui de son mari. Ce qu'elle voulait, c'était d'abord que ce nom de Sourdis, qui était le sien, ne fît pas faillite à la gloire, c'était de maintenir au sommet cette célébrité, qui avait été tout son rêve de jeune fille laide et cloîtrée ; ensuite, ce qu'elle voulait, c'était de ne pas manquer de parole aux acheteurs, de livrer les tableaux aux jours promis, en commerçante honnête qui n'a qu'une parole. Et alors elle se trouvait bien obligée de terminer en hâte la besogne, de boucher tous les trous laissés par Ferdinand, de finir les toiles, lorsqu'elle le voyait s'enrager d'impuissance, les doigts tremblants, incapables de tenir un pinceau. Jamais d'ailleurs elle ne triomphait, elle affectait de rester l'élève, de se borner à une pure besogne de manœuvre, sous ses ordres. Elle le respectait encore comme artiste, elle l'admirait réellement, avertie par son instinct qu'il restait jusque-là le mâle, malgré sa déchéance. Sans lui, elle n'aurait pu faire de si larges toiles.

Rennequin, dont le ménage se cachait comme des autres peintres, suivait avec une surprise croissante la lente substitution de ce tempérament femelle à ce tempérament mâle, sans pouvoir comprendre. Pour lui, Ferdinand n'était pas précisément dans une mauvaise voie, puisqu'il produisait et qu'il se soutenait ; mais il se développait dans un sens de facture qu'il n'avait pas semblé apporter d'abord. Son premier tableau, La Promenade, était plein d'une personnalité vive et spirituelle, qui, peu à peu, avait disparu dans les œuvres suivantes, qui maintenant se noyait au milieu d'une coulée de pâte molle et fluide, très agréable à l'œil, mais de plus en plus banale. Pourtant, c'était la même main, ou du moins Rennequin l'aurait juré, tant Adèle, avec son adresse, avait pris la facture de son mari. Elle avait ce génie de démonter le métier des autres et de s'y glisser. D'autre part, les tableaux de Ferdinand prenaient une odeur vague de puritanisme, une correction bourgeoise qui blessait le vieux maître. Lui qui avait salué dans son jeune ami un talent libre, il était irrité de ses raideurs nouvelles, du certain air pudibond et pincé qu'affectait maintenant sa peinture. Un soir, dans une réunion d'artistes, il s'emporta, en criant :

« Ce diable de Sourdis tourne au calotin… Avez-vous vu sa dernière toile ? Il n'a donc pas de sang dans les veines, ce bougre-là ! Les filles l'ont vidé. Eh ! oui, c'est l'éternelle histoire, on se laisse manger le cerveau par quelque bête de femme… Vous ne savez pas ce qui m'embête, moi ? c'est qu'il fasse toujours bien. Parfaitement ! vous avez beau rire ! Je m'étais imaginé que, s'il tournait mal, il finirait dans un gâchis absolu, vous savez, un gâchis superbe d'homme foudroyé. Et pas du tout, il semble avoir trouvé une mécanique qui se règle de jour en jour et qui le mène à faire plat, couramment… C'est désastreux. Il est fini, il est incapable du mauvais. »

On était habitué aux sorties paradoxales de Rennequin, et l'on s'égaya. Mais lui se comprenait ; et, comme il aimait Ferdinand, il éprouvait une réelle tristesse.

Le lendemain, il se rendit rue d'Assas. Trouvant la clé sur la porte, et s'étant permis d'entrer sans frapper, il resta stupéfait. Ferdinand n'y était pas. Devant un chevalet, Adèle terminait vivement un tableau dont les journaux s'occupaient déjà. Elle était si absorbée qu'elle n'avait pas entendu la porte s'ouvrir, ne se doutant pas d'ailleurs que la bonne venait, en rentrant, d'oublier sa clé dans la serrure. Et Rennequin, immobile, put la regarder une grande minute. Elle abattait la besogne avec une sûreté de main qui indiquait une grande pratique. Elle avait sa facture adroite, courante, cette mécanique bien réglée dont justement il parlait la veille. Tout d'un coup, il comprit, et son saisissement fut tel, il sentit si bien son indiscrétion, qu'il essaya de sortir pour frapper. Mais, brusquement, Adèle tourna la tête.

« Tiens ! c'est vous, cria-t-elle. Vous étiez là, comment êtes-vous entré ? »

Et elle devint très rouge. Rennequin, embarrassé lui-même, répondit qu'il arrivait à peine. Puis, il eut conscience que, s'il ne parlait pas de ce qu'il venait de voir, la situation serait plus gênante encore.

« Hein ? la besogne presse, dit-il de son air le plus bonhomme. Tu donnes un petit coup de main à Ferdinand. »

Elle avait repris sa pâleur de cire. Elle répondit tranquillement :

« Oui, ce tableau devrait être livré depuis lundi, et comme Ferdinand a eu ses douleurs... Oh ! quelques glacis sans importance. »

Mais elle ne s'abusait pas, on ne pouvait tromper un homme comme Rennequin. Pourtant, elle restait immobile, sa palette et ses pinceaux aux mains. Alors, il dut lui dire :

« Il ne faut pas que je te gêne. Continue. »

Elle le regarda fixement quelques secondes. Enfin, elle se décida. Maintenant, il savait tout, à quoi bon feindre davantage ? Et, comme elle avait formellement promis le tableau pour le soir, elle se remit à la besogne, abattant l'ouvrage avec une carrure toute masculine. Il s'était assis et suivait son travail, lorsque Ferdinand rentra. D'abord, il éprouva un saisissement, à trouver ainsi Rennequin installé derrière Adèle, et la regardant faire son tableau. Mais il paraissait très las, incapable d'un sentiment fort. Il vint se laisser tomber près du vieux maître, en poussant le soupir d'un homme qui n'a plus qu'un besoin de sommeil. Puis, un silence régna, il ne sentait pas la nécessité d'expliquer les choses. C'était ainsi, il n'en souffrait pas. Au bout d'un instant il se pencha seulement vers Rennequin, tandis qu'Adèle, haussée sur les pieds, sabrait largement son ciel de grands coups de lumière ; et il lui dit, avec un véritable orgueil :

« Vous savez, mon cher, elle est plus forte que moi !... Oh ! un métier

! une facture ! »

Lorsque Rennequin descendit l'escalier, remué, hors de lui, il parla tout haut, dans le silence.

« Encore un de nettoyé !… Elle l'empêchera de descendre trop bas, mais jamais elle ne le laissera s'élever très haut. Il est foutu ! »

IV

Des années se passèrent. Les Sourdis avaient acheté à Mercœur une petite maison dont le jardin donnait sur la promenade du Mail. D'abord, ils étaient venus vivre là quelques mois de l'été, pour échapper, pendant les chaleurs de juillet et d'août, à l'étouffement de Paris. C'était comme une retraite toujours prête. Mais, peu à peu, ils y vécurent davantage ; et, à mesure qu'ils s'y installaient, Paris leur devenait moins nécessaire. Comme la maison était très étroite, ils firent bâtir dans le jardin un vaste atelier, qui s'augmenta bientôt de tout un corps de bâtiment. Maintenant, c'était à Paris qu'ils allaient en vacances, l'hiver, pendant deux ou trois mois au plus. Ils vivaient à Mercœur, ils n'avaient plus qu'un pied-à-terre, dans une maison de la rue de Clichy, qui leur appartenait.

Cette retraite en province avait donc eu lieu petit à petit, sans plan arrêté. Lorsqu'on s'étonnait devant elle, Adèle parlait de la santé de Ferdinand, qui était fort mauvaise, et, à l'entendre, il semblait qu'elle eût cédé au besoin de mettre son mari dans un milieu de paix et de grand air. Mais la vérité était qu'elle-même avait obéi à d'anciens désirs, réalisant ainsi son dernier rêve. Lorsque, jeune fille, elle regardait pendant des heures les pavés humides de la place du Collège, elle se voyait bien, à Paris, dans un avenir de gloire, avec des applaudissements tumultueux autour d'elle, un grand éclat rayonnant sur son nom ; seulement, le songe s'achevait toujours à Mercœur, dans un coin mort de la petite ville, au milieu du respect étonné des habitants. C'était là qu'elle était née, c'était là qu'elle avait eu la continuelle ambition de triompher, à ce point que la stupeur des bonnes femmes de Mercœur, plantées sur les portes, lorsqu'elle passait au bras de son mari, l'emplissait davantage du sentiment de sa célébrité, que les hommages délicats des salons de Paris. Au fond, elle était restée bourgeoise et provinciale, s'inquiétant de ce que pensait sa petite ville, à chaque nouvelle victoire, y revenant avec des battements de cœur, y goûtant tout l'épanouissement de sa personnalité, depuis l'obscurité d'où elle était partie, jusqu'à la renommée où elle vivait. Sa mère était morte, il y avait dix ans déjà, et elle revenait simplement chercher sa jeunesse, cette vie glacée dont elle avait dormi.

À cette heure, le nom de Ferdinand Sourdis ne pouvait plus grandir. Le peintre, à cinquante ans, avait obtenu toutes les récompenses et toutes les dignités, les médailles réglementaires, les croix et les titres. Il était commandeur de la Légion d'honneur, il faisait partie de l'Institut depuis plusieurs années. Sa fortune seule s'élargissait encore, car les journaux avaient épuisé les éloges. Il y avait des formules toutes faites qui servaient couramment pour le louer : on l'appelait le maître fécond, le charmeur exquis auquel toutes les âmes appartenaient. Mais cela ne semblait plus le toucher, il devenait indifférent, portant sa gloire comme un vieil habit auquel il était habitué. Lorsque les gens de Mercœur le voyaient passer, voûté déjà, avec ses regards vagues qui ne se fixaient sur rien, il entrait beaucoup de surprise dans leur respect, car ils s'imaginaient difficilement que ce monsieur, si tranquille et si las, pût faire tant de bruit dans la capitale.

D'ailleurs, tout le monde à présent savait que Mme Sourdis aidait son mari dans sa peinture. Elle passait pour une maîtresse femme, bien qu'elle fût petite et très grosse. C'était même un autre étonnement, dans le pays, qu'une dame si corpulente pût piétiner devant des tableaux toute la journée, sans avoir le soir les jambes cassées. Affaire d'habitude, disaient les bourgeois. Cette collaboration de sa femme ne jetait aucune déconsidération sur Ferdinand ; au contraire. Adèle, avec un tact supérieur, avait compris qu'elle ne devait pas supprimer son mari ouvertement ; il gardait la signature, il était comme un roi constitutionnel qui régnait sans gouverner. Les œuvres de Mme Sourdis n'auraient pris personne, tandis que les œuvres de Ferdinand Sourdis conservaient toute leur force sur la critique et le public. Aussi montrait-elle toujours la plus grande admiration pour son mari, et le singulier était que cette admiration restait sincère. Bien que, peu à peu, il ne touchât que de loin en loin un pinceau, elle le considérait comme le créateur véritable des œuvres qu'elle peignait presque entièrement. Dans cette substitution de leurs tempéraments c'était elle qui avait envahi l'œuvre commune, au point d'y dominer et de l'en chasser ; mais elle ne se sentait pas moins dépendante encore de l'impulsion première, elle l'avait remplacé en se l'incorporant, en prenant pour ainsi dire de son sexe. Le résultat était un monstre. À tous les visiteurs, lorsqu'elle montrait leurs œuvres, elle disait toujours : « Ferdinand a fait ceci, Ferdinand va faire cela », lors même que Ferdinand n'avait pas donné et ne devait pas donner un seul coup de pinceau. Puis, à la moindre critique, elle se fâchait, n'admettait pas qu'on pût discuter le génie de Ferdinand. En cela, elle se montrait superbe, dans un élan de croyance extraordinaire ; jamais ses colères de femme trompée, jamais ses dégoûts ni ses mépris n'avaient détruit en elle la haute figure qu'elle s'était faite du grand artiste qu'elle avait aimé dans son mari, même lorsque cet artiste avait décliné et qu'elle avait dû se substituer à lui, pour éviter la faillite. C'était un coin d'une naïveté charmante, d'un aveuglement tendre et orgueilleux à la fois, qui aidait Ferdinand à porter le sentiment sourd de son impuissance. Il ne souffrait pas de sa déchéance, il disait également : « mon tableau, mon œuvre », sans songer combien peu il travaillait aux toiles qu'il signait. Et tout cela était si naturel entre eux, il jalousait si peu cette femme qui lui avait pris jusqu'à sa personnalité, qu'il ne pouvait causer deux minutes sans la vanter. Toujours, il répétait ce qu'il avait dit un soir à Rennequin :

« Je vous jure, elle a plus de talent que moi… Le dessin me donne un mal du diable, tandis qu'elle, naturellement, vous plante une figure d'un trait… Oh ! une adresse dont vous n'avez pas l'idée ! Décidément, on a ça ou l'on n'a pas ça dans les veines. C'est un don. »

On souriait discrètement, en ne voyant là que la galanterie d'un mari amoureux. Mais, si l'on avait le malheur de montrer qu'on estimait beaucoup Mme Sourdis, mais qu'on ne croyait pas à son talent d'artiste, il s'emportait, il entrait dans de grandes théories sur les tempéraments et le mécanisme de la production ; discussions qu'il terminait toujours par ce cri :

« Quand je vous dis qu'elle est plus forte que moi ! Est-ce étonnant que personne ne veuille me croire ! »

Le ménage était très uni. Sur le tard, l'âge et sa mauvaise santé avaient beaucoup calmé Ferdinand. Il ne pouvait plus boire, tellement son estomac se détraquait au moindre excès. Les femmes seules l'emportaient encore dans des coups de folie qui duraient deux ou trois jours. Mais, quand le ménage vint s'installer complètement à Mercœur, le manque d'occasions le força à une fidélité presque absolue. Adèle n'eut plus à craindre que de brusques bordées avec les bonnes qui la servaient. Elle s'était bien résignée à n'en prendre que de très laides ; seulement, cela n'empêchait pas Ferdinand de s'oublier avec elles, si elles y consentaient. C'étaient, chez lui, par certains jours d'énervement physique, des perversions, des besoins qu'il aurait contentés, au risque de tout détruire. Elle en était quitte pour changer de domestique, chaque fois qu'elle croyait s'apercevoir d'une intimité trop grande avec Monsieur. Alors, Ferdinand restait honteux pendant une semaine. Cela, jusque dans le vieil âge, rallumait la flamme de leur amour. Adèle adorait toujours son mari, avec cette jalousie contenue qu'elle n'avait jamais laissé éclater devant lui ; et lui, lorsqu'il la voyait dans un de ces silences terribles, après le renvoi d'une bonne, il tâchait d'obtenir son pardon par toutes sortes de soumissions tendres. Elle le possédait alors comme un enfant. Il était très ravagé, le teint jauni, le visage creusé de rides profondes ; mais il avait gardé sa barbe d'or, qui pâlissait sans blanchir, et qui le faisait ressembler à quelque dieu vieilli, doré encore du charme de sa jeunesse.

Un jour vint où il eut, dans leur atelier de Mercœur, le dégoût de la peinture. C'était comme une répugnance physique ; l'odeur de l'essence, la sensation grasse du pinceau sur la toile lui causaient une exaspération nerveuse ; ses mains se mettaient à trembler, il avait des vertiges. Sans doute il y avait là une conséquence de son impuissance elle-même, un résultat du long détraquement de ses facultés d'artiste, arrivé à la période aiguë. Il devait finir par cette impossibilité matérielle. Adèle se montra très bonne, le réconfortant, lui jurant que c'était une mauvaise disposition passagère dont il guérirait ; et elle le força à se reposer. Comme il ne travaillait absolument plus aux tableaux, il s'inquiéta, devint sombre. Mais elle trouva un arrangement : ce serait lui qui ferait les compositions à la mine de plomb, puis elle les reporterait sur les toiles, où elle les mettrait au carreau et les peindrait, sous ses ordres. Dès lors, les choses marchèrent ainsi, il n'y eut plus un seul coup de pinceau donné par lui dans les œuvres qu'il signait. Adèle exécutait tout le travail matériel, et il restait simplement l'inspirateur, il fournissait les idées, des crayonnages, parfois incomplets et incorrects, qu'elle était obligée de corriger, sans le lui dire. Depuis longtemps, le ménage travaillait surtout pour l'exportation. Après le grand succès remporté en France, des commandes étaient venues, surtout de Russie et d'Amérique ; et, comme les amateurs de ces pays lointains ne se montraient pas difficiles, comme il suffisait d'expédier des caisses de tableaux et de toucher l'argent, sans avoir jamais un ennui, les Sourdis s'étaient peu à peu entièrement donnés à cette production commode. D'ailleurs, en France, la vente avait baissé. Lorsque, de loin en loin, Ferdinand envoyait un tableau au Salon, la critique l'accueillait avec les mêmes éloges : c'était un talent classé, consacré, pour lequel on ne se battait plus, et qui avait pu glisser peu à peu à une production abondante et médiocre, sans déranger les habitudes du public et des critiques. Le peintre était resté le même pour le plus grand nombre, il avait simplement vieilli et cédé la place à des réputations plus turbulentes. Seulement, les acheteurs finissaient par se déshabituer de sa peinture. On le saluait encore comme un des maîtres contemporains, mais on ne l'achetait presque plus. L'étranger enlevait tout.

Cette année-là pourtant, une toile de Ferdinand Sourdis fit encore un effet considérable au Salon. C'était comme un pendant à son premier tableau : La Promenade. Dans une salle froide, aux murs blanchis, des élèves travaillaient, regardaient voler les mouches, riaient sournoisement, tandis que le « pion », enfoncé dans la lecture d'un roman, semblait avoir oublié le monde entier ; et la toile avait pour titre : L'Étude. On trouva cela charmant, et des critiques, comparant les deux œuvres, peintes à trente ans de distance, parlèrent même du chemin parcouru, des inexpériences de La Promenade et de la science parfaite de L'Étude. Presque tous s'ingéniaient à voir dans ce dernier tableau des finesses extraordinaires, un raffinement d'art exquis, une facture parfaite que personne ne dépasserait jamais. Cependant, la grande majorité des artistes protestait, et Rennequin se montrait parmi les plus violents. Il était très vieux, vert encore pour ses soixante-quinze ans, toujours passionné de vérité.

« Laissez donc ! criait-il. J'aime Ferdinand comme un fils, mais c'est trop bête, à la fin, de préférer ses œuvres actuelles aux œuvres de sa jeunesse ! Cela n'a plus ni flamme, ni saveur, ni originalité d'aucune sorte. Oh ! c'est joli, c'est facile, cela je vous l'accorde ! Mais il faut vendre de la chandelle pour avoir le goût de cette facture banale, relevée par je ne sais quelle sauce compliquée, où il y a de tous les styles, et même de toutes les pourritures de style… Ce n'est plus mon Ferdinand qui peint ces machines-là… »

Pourtant, il s'arrêtait. Lui, savait à quoi s'en tenir, et l'on sentait dans son amertume une sourde colère qu'il avait toujours professée contre les femmes, ces animaux nuisibles, comme il les nommait parfois. Il se contentait seulement de répéter en se fâchant :

« Non, ce n'est plus lui… Non, ce n'est plus lui… »

Il avait suivi le lent travail d'envahissement d'Adèle, avec une curiosité d'observateur et d'analyste. À chaque œuvre nouvelle, il s'était aperçu des moindres modifications, reconnaissant les morceaux du mari et ceux de la femme, constatant que ceux-là diminuaient au profit de ceux-ci dans une progression régulière et constante. Le cas lui paraissait si intéressant, qu'il oubliait de se fâcher pour jouir uniquement de ce jeu des tempéraments, en homme qui adorait le spectacle de la vie. Il avait donc noté les plus légères nuances de la substitution, et à cette heure, il sentait bien que ce drame physiologique et psychologique était accompli. Le dénouement, ce tableau de L'Étude, était là devant ses yeux. Pour lui, Adèle avait mangé Ferdinand, c'était fini.

Alors, comme toutes les années, au mois de juillet, il eut l'idée d'aller passer quelques jours à Mercœur. Depuis le Salon, d'ailleurs, il éprouvait la plus violente envie de revoir le ménage. C'était pour lui l'occasion de constater sur les faits s'il avait raisonné juste.

Quand il se présenta chez les Sourdis, par une brûlante après-midi, le jardin dormait sous ses ombrages. La maison, et jusqu'aux plates-bandes, avaient une propreté, une régularité bourgeoise, qui annonçaient beaucoup d'ordre et de calme. Aucun bruit de la petite ville n'arrivait dans ce coin écarté, les rosiers grimpants étaient pleins d'un bourdonnement d'abeilles. La bonne dit au visiteur que Madame était à l'atelier.

Quand Rennequin ouvrit la porte, il aperçut Adèle peignant debout, dans cette attitude où il l'avait surprise une première fois, bien des années auparavant. Mais, aujourd'hui, elle ne se cachait plus. Elle eut une légère exclamation de joie, et voulut lâcher sa palette. Mais Rennequin se récria :

« Je m'en vais si tu te déranges… Que diable ! traite-moi en ami. Travaille, travaille ! »

Elle se laissa faire violence, en femme qui connaît le prix du temps.

« Eh bien ! puisque vous le permettez !… Vous savez, on n'a jamais une heure de repos. »

Malgré l'âge qui venait, malgré l'obésité dont elle était de plus en plus envahie, elle menait toujours rudement la besogne, avec une sûreté de main extraordinaire. Rennequin la regardait depuis un instant, lorsqu'il demanda :

« Et Ferdinand ? il est sorti ?

– Mais non, il est là », répondit Adèle en désignant un coin de l'atelier, du bout de son pinceau.

Ferdinand était là, en effet, allongé sur un divan, où il sommeillait. La voix de Rennequin l'avait réveillé ; mais il ne le reconnaissait pas, la pensée lente, très affaibli.

« Ah ! c'est vous, quelle bonne surprise ! » dit-il enfin.

Et il donna une molle poignée de main, en faisant un effort pour se mettre sur son séant. La veille, sa femme l'avait encore surpris avec une petite fille, qui venait laver la vaisselle ; et il était très humble, la mine effarée, accablé et ne sachant que faire pour gagner sa grâce. Rennequin le trouva plus vidé, plus écrasé qu'il ne s'y attendait. Cette fois, l'anéantissement était complet, et il éprouva une grande pitié pour le pauvre homme. Voulant voir s'il réveillerait en lui un peu de la flamme d'autrefois, il lui parla du beau succès de L'Étude, au dernier Salon.

« Ah ! mon gaillard, vous remuez encore les masses… On parle de vous là-bas, comme aux premiers jours. »

Ferdinand le regardait d'un air hébété. Puis, pour dire quelque chose :

« Oui, je sais, Adèle m'a lu des journaux. Mon tableau est très bien, n'est-ce pas ?… Oh ! je travaille, je travaille toujours beaucoup… Mais, je vous assure, elle est plus forte que moi, elle a un métier épatant ! »

Et il clignait les yeux, en désignant sa femme avec un pâle sourire. Elle s'était approchée, elle haussait les épaules, d'un air de bonne femme, en disant :

« Ne l'écoutez donc pas ! Vous connaissez sa toquade… Si l'on voulait le croire, ce serait moi le grand peintre… Je l'aide, et encore très mal. Enfin, puisque ça l'amuse ! »

Rennequin restait muet devant cette comédie qu'ils se jouaient à eux-mêmes, de bonne foi sans doute. Il sentait nettement, dans cet atelier, la suppression totale de Ferdinand. Celui-ci ne crayonnait même plus des bouts d'esquisse, tombé au point de ne pas sentir le besoin de sauvegarder son orgueil par un mensonge ; il lui suffisait maintenant d'être le mari. C'était Adèle qui composait, qui dessinait et peignait, sans lui demander un conseil, entrée d'ailleurs si complètement dans sa peau d'artiste, qu'elle le continuait, sans que rien pût indiquer la minute où la rupture avait été complète. Elle était seule à cette heure, et il ne restait, dans cette individualité femelle, que l'empreinte ancienne d'une individualité mâle.

Ferdinand bâillait :

« Vous restez à dîner, n'est-ce pas ? dit-il. Oh ! je suis éreinté… Comprenez-vous ça, Rennequin ? Je n'ai rien fait aujourd'hui et je suis éreinté.

— Il ne fait rien, mais il travaille du matin au soir, dit Adèle. Jamais il ne veut m'écouter et se reposer une bonne fois.

— C'est vrai, reprit-il, le repos me rend malade, il faut que je m'occupe. »

Il s'était levé, s'était traîné un instant, puis avait fini par se rasseoir devant la petite table, sur laquelle anciennement sa femme faisait des aquarelles. Et il examinait une feuille de papier, où justement les premiers tons d'une aquarelle se trouvaient jetés. C'était une de ces œuvres de pensionnaire, un ruisseau faisant tourner les roues d'un moulin, avec un rideau de peupliers et un vieux saule. Rennequin, qui se penchait derrière lui, se mit à sourire, devant la maladresse enfantine du dessin et des teintes, un barbouillage presque comique.

« C'est drôle », murmura-t-il.

Mais il se tut, en voyant Adèle le regarder fixement. D'un bras solide, sans appui-main, elle venait d'ébaucher toute une figure, enlevant du coup le morceau, avec une carrure magistrale :

« N'est-ce pas que c'est joli, ce moulin ? dit complaisamment Ferdinand, toujours penché sur la feuille de papier, bien sage à cette place de petit garçon. Oh ! vous savez, j'étudie, pas davantage. »

Et Rennequin resta saisi. Maintenant, c'était Ferdinand qui faisait les aquarelles.